KB034044

♥

♥

♥

♥

♥

BUDDY GATOR 1

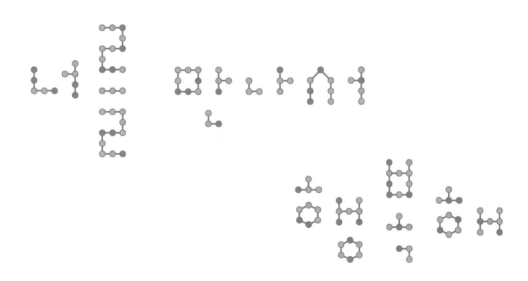

BUDDY GATOR 1

차우 혼 램 글·그림 | 김현수 옮김

서스테인

작가의 말

우리에게는 저마다의 어두운 밤과 추운 겨울의 시간이 있습니다. 지금 이 책을 읽는
사람 중에도 누군가는 힘든 시간을 보내고 있겠지요.

특히 코로나19를 겪는 동안 저는 그 힘든 시간을 겪고 있을 사람들의 기분을 좋게 해
줄 무언가를 만들고 싶었습니다. 잠시라도 웃음을 짓게 하고, 긍정적인 에너지를 전
해줄 이야기를 만들고 싶었습니다. 그래서 이 이야기 속 작고 친절한 동물 친구들이
독자들과 동행하며 지친 마음에 위안을 줄 수 있기를 바라는 마음으로 이 책을 썼습
니다.

왜 악어를 주인공으로 선택했는지 많은 사람이 궁금해했습니다. 우리 머릿속에 악어는 언제나 무서운 인상으로 남아있죠. 하지만 이 책의 주인공 버디 게이터는 누구보다 친절하고, 다정하며, 긍정적인 친구입니다. 우리 마음속 악어에 대한 고정관념과는 매우 다르지요. 우리가 살면서 접하는 많은 것들이 실제로는 눈에 보이는 것과 다를 수 있고, 우리가 발견하지 못했을 뿐 가까이 들여다보면 저마다 아름답고 놀라운 모습을 지니고 있음을 전하고 싶었습니다.

우리 중 누군가는 여전히 힘든 시간을 보내고 있을지 모르지만, 곁에 있어 줄 누군가가 있는 한 모든 것이 잘 될 거라고 믿어요. 친절하고 다정한 우리의 게이터가 언제나 당신과 함께하기를 바랍니다. 마음이 울적하고, 괜히 기분이 가라앉는 날, 이 책의 아무

페이지나 펼쳐보세요. 게이터와 작은 친구들을 통해 편안함을 느낄 수 있을 거예요.

게이터가 전하는 다정함이 당신의 지친 감정을 치유해주고, 자기 자신을 더 많이 사랑해줄 수 있는 힘이 되어주기를 바랍니다. 마지막으로 우리는 모두 특별하게 태어났음을 잊지 말기를 바랍니다.

모두 행복하세요!
Gamsahamnida!

게이터 GATOR

테리 TERRY

에릭 ERIC

랜스 LANCE

애덤 ADAM

코지 KOJI

펜 BEN

낸시 NANCY

다리우스 DARIUS

피터 PETER

론 RON

트레버 TREVOR

수잔 SUSAN

제인 JANE

로이 ROEY

그 외

안녕,
만나서
반가워 !

우와!

아이스크림
사왔어.

셀카봉도!

물론이지!

우리도
태워줄 수 있어?

소원을 말해 보렴.

이 책을 읽는
친구들의 꿈이
몽땅 다 이루어지면
좋겠어요.

너한테 줄
스웨터를 짜는 중이야.

고마워.
근데 나한테는
살짝 커 보인다.

이제 다 됐어!

와아!
넌 정말 멋진 친구구나!

깜짝 선물을 준비했어.

우와!

자, 선물이야.

꺄~~

그런데 안에 아무것도 없는데?

내 사랑이거든.
볼 수는 없어, 느끼는 거야.

저런….

그네가
망가졌어.

야호!

나 어젯밤에
악몽을 꿨어.
너무 무서웠어.

꿈에서 뭘 봤는데?
귀신? 괴물?

안 돼!
그러지 마.
그러다 다쳐!

내 손을 잡아,
나만 따라오면 돼.

좀만 있으면
열매를 딸 수 있겠어.

고마워!

사람들은 나를
거짓말쟁이라고 생각해.

넌 거짓말쟁이가 아니야.
그건 그저
겉모습일 뿐이야.

나도 하늘을 날고 싶어.　　　　너도 날 수 있어.

무슨 일이야?

늑대가 자꾸만 쫓아와.
무서워 죽겠어.

여기 좋은 게 많더라.

나 새 침대를 사고 싶어.

이게 제일 편해!

내 얼굴은
카메라에 안 나오네.

좋은 생각이 났어!

왜 사람들은
나만 보면 도망갈까?
내가 무서워 보여?

웃으면
훨씬
나을 텐데.

이건 어때?

아무래도
나는 연날리기에
재능이 없나 봐.

좋아!

게이터,
놀이터 개장
시간이야!

까아!

키 작은 나무는 널 위한 나무야.
키 큰 나무는 피터를 위한 나무고.

피터가
누군데?

너 뒤에 있는 애.

나는 프랑켄슈타인이야.

이건 내 할로윈 코스튬!
나는 미라야.

나는 뱀파이어.

와우!

너의 이는
정말 멋져!

내가 잡을게….

세이프!

괜찮아.
놓아주는 법도 배워야 해.

너 때문은
아닌 것 같아….

두 번째 소원을 말해 보렴.

저랑 제 친구들이
그림책 주인공이 되면
좋겠어요!

다 잘 될 거예요.

고마워.

널 위해
팬케이크를 굽는 중이야.

너무 추워요.

잘 자렴.

고마워요.

최고의 농구 선수 형제를
소개합니다!

애니멀스 갓 탤런트
우리는 모두 특별해요

우와!

소개합니다.

우유 뿜는 소방차!

애니멀스 갓 탤런트
우리는 모두 특별해요

오 마이 갓!
상어가 나타났어.

안녕, 게이터.
무슨 일 있어?

오늘 기분이 좀 우울하네.

우와!

오늘은
우리 뭐 하고
놀까?

연날리기 하자!
근데 잭이 올 때까지
기다려야 돼.

비가 오네.

난 정말
운이 좋아,
우산이 있잖아.

와아,
거북이가 이겼어!

토끼는 어디 있지?

우와! 에릭,
운동 중이야?

아니,
애들한테
사과 좀 따주려고.

아하.

테리,
피부가 왜 그래?

해초를 먹었더니
분홍색이 됐어.
나만 달라 보일까 봐
걱정돼.

걱정하지 마.
우린 모두 특별하니까.

안녕, 에릭.
이건 무슨 줄이야?

그네 타고 싶은
애들 줄이야.

에릭,
올해 생일엔
무슨 선물 받고 싶어?

커다란 당근!

우리 지금 주말에 열리는
장기 자랑 연습 중이야.

우리? 누구랑?
너 혼자 연습하는 것 같은데?

안녕, 테리!

언더그라운드 콘서트 표가
두 장 생겼는데,
네가 좋아할 것 같아서.

고마워, 게이터!

잠깐만, 오디션 볼 때 입을
멋진 옷을 가져다줄게.

나 내일 오디션 보러 가.
이 오디션이
내 인생을 바꿀지도 몰라.

행운을 빌게, 미키!

우와!
고마워, 게이터.

게이터,
왜 갑자기 여기에 나무를 심었어?

우린 모두 사랑받을 자격이 있거든.
쟤만 혼자 외로우면 안 되잖아.

에취!

게이터,
너 감기에 걸린 것 같아.

고마워, 프레드.

걱정 마, 내가 있잖아.

안녕, 조이.
널 위해 준비했어.

고마워,
게이터!

이 스웨터 정말 예쁘다!
우리 마음에 쏙 들어.

우리 부탁 하나만
들어줄 수 있어?

물론이지.

다했다!

게이터,
할로윈 호박
진짜 멋지다.

이건 우리의
새집이에요.

안녕, 에릭.
도넛 좀 먹을래?

아니, 괜찮아.
오늘부터 다이어트
시작할 거거든.

사실 내일 시작해도 괜찮아.

괜찮아, 테리.
무슨 일 있는 건 아니지?

늦어서 미안해.

안녕, 제인.
너 풍경 사진 찍는 거 좋아하는구나?

아닌데…
오늘 점심 메뉴 찍은 건데?

게이터,
노트북 좀 빌려도 될까?

물론이지.

게이터의 생일이
다가오고 있어.

좋아해야
할 텐데….

냠냠. 맛있다.

내 꺼야.

먹을 것 좀 가져왔어.
아가들이랑 같이 먹어.
그리고 얼른 나아.

아빠,
배고파요.

조심해서 오렴,
아가.

정말 고마워!

별말씀을.

왜 살을 빼려는 거야?

내가 너무 무거우면
택시 기사님이
힘들 것 같아서.

아하.

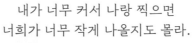

우와,
너무 좋다!

지금 타이루스가
번지점프하려는 중이거든.

게이터,
뭘 그렇게 보는 거야?

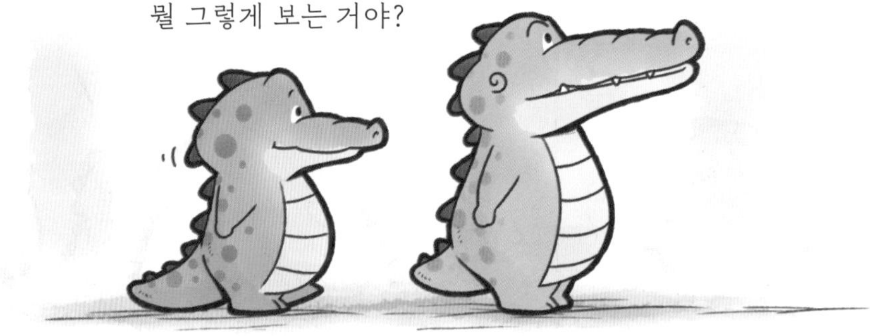

우와!

에릭,
톱을 들고 어딜 가는 거야?

친구를 구해야 돼!

너와 아가들 주려고 스웨터를 짰어.

어머나, 고마워.

정말 마음에 들어!

우리
농구 할까?

좋아!

농구는
내가 제일 좋아하는
운동이야!

154

앗, 내 풍선!

걱정 마, 내가 있잖아.

너도 날 수 있어!

나도
날 수 있다면 좋겠어.

161

눈사람 거의 다 됐어!
마지막으로 당근이 필요해.

완성!

빨리 봄이 오면 좋겠어.

나랑 이 사과 나눠 먹을래?

우와! 고마워, 제인.
나야 좋지.

정말 맛있다!

넌 정말
멋진 친구야.

앗, 제인이 위험해!

게이터,
나 잠깐 화장실 좀 갔다 올게.

그래.

다리우스,
생일 축하해!

우와,
진짜 마음에 들어!

고마워, 게이터.

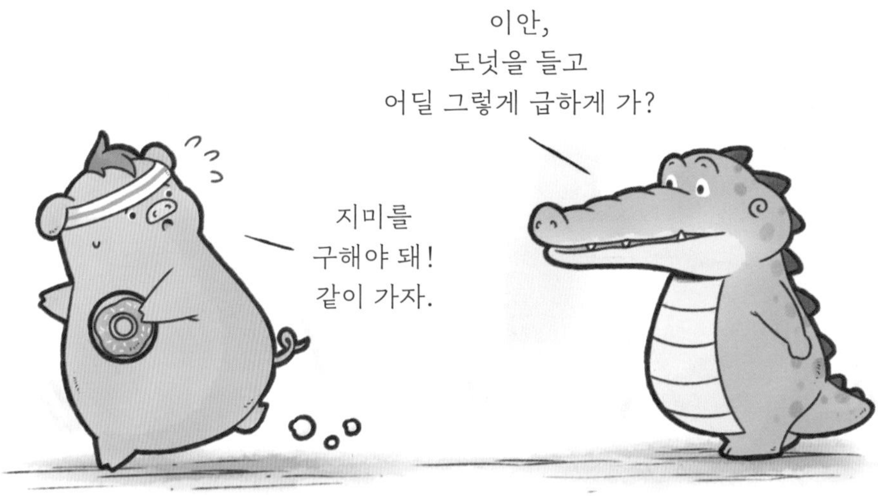
이안,
도넛을 들고
어딜 그렇게 급하게 가?
지미를
구해야 돼!
같이 가자.

덤벼!

이제 잠깐 쉴까?

얘들아 때가 됐어. 크리스마스트리 만들자!

합체!

얘들아, 미안해.
내가 너무 무겁지?

아니야, 낸시.

까~
너무 재밌다!

넌 그 모습 그대로
완벽해.

196

우와!

야호!

축하해!

2시간 25분.
신기록이야!

잘했어,
랜스!

325

와아.
엄청 기대된다!

이번 크리스마스에
네게 줄 특별한 선물을 준비했어.

나도 기뻐.

우리집
페인트칠도 도와주고.
정말 고마워.

안녕, 다리우스.
근데 넌 왜 이렇게 긁는 걸 좋아해?

그림
그리는 건데….

오늘 정말 덥다.

그러게.

휴.
이제 좀 살겠다.

고마워 !

좋은 하루 보내.

우와,
고마워!

게이터, 이것 봐!
나 풍선 받았어.

풍선 덕분에
네가 행복해 보여.

이거 너한테
주고 싶어.

그럴게!

좋은 하루
보내야 해!

자기 전에
읽을 책을
가져왔어.

고마워, 아가들이
정말 좋아할 거야.

너 번지점프하려고?

아니,
스카이다이빙.

우와!

오 마이 갓!
수잔, 네 주머니 안이 난리가 났어!

엄마,
내 방 청소
다 했어요.

아하.

내 새해 결심은 살을 빼는 거야.

넌 잘 해낼 거야, 트레버!

어떡해!
비가 쏟아져.
우린 우산도
없잖아.

나만
따라 와.

또 할래,
또 할래!

좋아!

야호!

물론이지.

게이터,
우리 가족 사진 좀 찍어줄래?

나 너무 속상해.
내 사진에 아무도 '좋아요'를 안 눌러.

에릭,
진짜 세상에선
우리 모두
네가 '좋아요!'

오늘은 루시 생일이야.
내가 케이크를 준비했어.

난 튜브를
가져왔어.

좋아, 가자!

바닥이 너무 더럽네.
빗자루가 어디 있지?

내가 도와줄게!

네가 좋으면 나도 좋아!

장난감 빌려줘서 고마워.

정말 멋지다, 에릭!
그런데 뚜껑이 열리면
더 좋을 것 같은데….

다됐다!

문제없어.

케이크 좀 먹을래?

우와!
고마워, 게이터.

에릭,
토끼들이 왜 이렇게 줄을 서 있어?

여기서 우리한테
일자리를 준다고 해서.

토끼 구함

정말 멋지다!
그럼 네가
가장 좋아하는 색은 뭐야?

나는 언제든지
피부색을 바꿀 수 있어.

너희 스웨터 정말 예쁘다.

그치?
프레드가 우릴 위해
만들어 줬어.

너도 스웨터 갖고 싶어?

착하지.

살랑살랑

착하지.

살랑살랑

나 옷을 좀
갈아입어야 하는데.
좀 기다려줄래?

우와, 정말 아름다워!

기다리게 해서
미안.

너도,
태워줄까?

고마워.
근데 나도
드라이브 중이야.

제인, 괜찮아?

응, 괜찮아.
그냥 배가 너무 불러서 그래.

그렇구나.

뷔페
2만 원

그건…

이건 내 알이야!

내 꺼거든!

조이의 알이야.

… 여덟, 아홉, 열!

앗, 이런, 헤헤!

찾았다!

갑자기 비가 퍼붓네.
어디 가서 비를 좀 피하자!

걱정 마,
나한테 맡겨.

후우~

코코, 이건 아기 나무야?

고마워,
코코.

오. 멋진걸.

응, 이건 언젠가
재키가 살 집이야.

싫어요!

싫어요!

얘들아,
어서 와서 손 씻자.

우리,
애덤에게
도와달라고 하자.

신선한 야채 있어요.

안녕, 제인.

신선한
우유가 왔어요.

신선한 우유

야채

신선한 과일

네 점심이니?

이것 봐, 내가 좋은 걸 찾았어.

내 컬렉션이야!

우와!

게이터,
거기서 뭐해?

걱정 마.
천천히 내려오면 돼.

붕대로 잘 감았어.

고마워.

다음엔 조심해야 돼.

재밌겠다.
나도 같이 놀아도 돼?

당연하지.

괜찮아.
내가 다른 풍선을 갖고 올게.

내 가시 때문에
풍선이 또 터져버렸어.
난 풍선이 진짜 좋은데….

와우! 끝내준다!

293

맞아….

어이쿠,
나랑 얼른
병원에 가자.

나는 강도다!
먹을 거 다 내놔!

왜 음식을 다 줬어?
쟤 하나도 안 무서워 보이던데.

하지만 배고파 보이잖아.

딱따구리들은
배가 고파서 나무를 쪼는 거야?

응, 그렇긴 한데
오늘은 여기서 음악회를 열었어.

내가 그랬어.

배탈 났다며.
이제 괜찮아?

응,
방금 엑스레이 찍고 왔어.

우리 아가들
생일 파티에 와줘서 고마워,
얘들아.

화장실에 간 줄 알았는데
어떻게 이렇게 금방 왔어?

화장실 줄이 너무 길어서,
나중에 가려고.

그렇구나.

불이야!
소방관 아저씨를 불러야겠어!

우리한테 맡겨!

나는 사납게 생겨서
나랑 친해지고 싶은 애들은
없을 것 같아.

내가 소개해 주고 싶은 친구가 있어.
그 애는 진짜 착하고 친절하거든.
네가 좋아할 거야.

자, 여기!

문어 밴드가 미니 콘서트를 열었대.
보러 가자!

그래!

너무 멋지다!

안녕.
나는 개빈이야.
만나서 반가워.

다리우스,
뭐 하는 거야?

그러면 안 돼!

아…
그런 거였구나.

이 당근은
잘 안 뽑히네.
다른 걸 뽑아 보자.

우리 같이
다시 한번 해볼까?

와, 진짜 멋지다!

너희 리모컨 들고
어딜 가는 거야?

바닷가에
놀러 가.

와아!

이 헤어컨디셔너,
너 주려고 샀어.
마음에 들 거야.

고마워,
게이터!

이거 진짜 좋다!
엄청 매끄럽고 찰랑거려.

에릭,
튜브 챙겨서 바닷가에 놀러 가니?

아니.
지금 조이랑 숨바꼭질하는 중이야.

야호~~

341

수영장 파티에
친구들을 좀 더 불러도 될까?

그럼.

살려줘!

다 됐어.

고마워….

에릭,
우리 좀 도와줄래?

한번
해볼게.

348

우와!
나무에 걸렸던
공들이
돌아왔어!

뭔가 잘못 알고 있는 거 같은데.

주문하신 차가 나왔어요.

고마워요!

아~ 좋다….

이거 너 줄게.

내가 한번 해볼게.

낸시 화이팅!

360

와아!

정말 아름다운 밤이야.

고마워.

잘 자, 게이터.

내가 제일 아끼는
라디오가
고장 났어.

우와…
고마워, 얘들아.

새 이어폰인데
소리가 안 나.

다른 데
꽂아보는 게 어떨까?

조이,
넌 진짜 멋진 친구야.

곰돌이 인형 진짜 귀엽다.

마음에 들어?
그럼 바꿔도 돼.

진짜?
넌 대신 뭘 갖고 싶은데?

너. 헤헤….

이제 당근 하나만 있으면
완성이야.

내가 하나 찾아올게.

찾았어.

너 주려고
새 트램펄린을 가져왔어.

와! 고마워, 게이터.

누가 맨날 쓰레기통을
엉망으로 만드나 했더니
너였구나.

따라 와.

게이터,
나 장 보러 갈 건데
내 식물들 좀 돌봐 줄래?

나만 믿어,
랜스.

나 왔어.

우왕!

나도 너희와 같이 산책하고 싶어.

같이 하면 되지.

나 물뿌리개 좀
빌려줄래?
나무 위에 올라간
고양이를 구해야 해.

냐아옹….

고마워.
이제 집에 빨리 갈 수 있겠다.

에릭, 너 주려고
스케이트보드를 가져왔어.

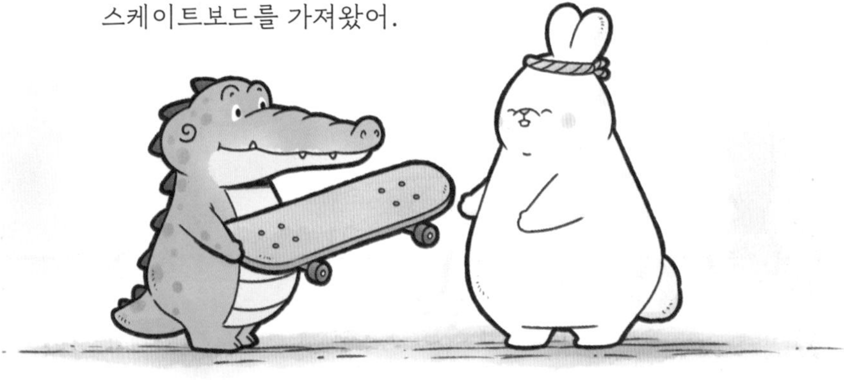

고마워,
에밀리.

옮긴이 김현수

고려대학교를 졸업하고 성균관대학교 번역대학원에서 문학 석사학위를 받았다. 글과 음악으로 소통하는 것이 좋아 라디오 작가로 일했고, 글밥 아카데미 출판번역 과정을 수료했다. 옮긴 책으로는 《미라클 모닝》, 《나무처럼 살아간다》, 《작은 생물에게서 인생을 배운다》 등이 있다.

BUDDY GATOR 1
너를 만나서 행복해

초판 1쇄 인쇄 2023년 4월 27일
초판 1쇄 발행 2023년 5월 22일

지은이 차우 혼 램
옮긴이 김현수
펴낸이 정지은

마케팅 윤해승, 장동철, 윤두열, 양준철 경영지원 황지욱
디자인 강경신
제작 삼조인쇄

펴낸곳 (주)서스테인
출판등록 2021년 11월 4일 제2021-000166호
주소 03997 서울시 마포구 월드컵로20길 41-7 1층
이메일 sustain@humancube.kr
편집 070-7510-8668 마케팅 02-2039-9463 팩스 02-2039-9460

ISBN 979-11-978259-4-1 04840
        979-11-978259-3-4 (세트)